AF578083

La magia de
crear libros

EL DIABLO SE VA DE MARCHA

Primera edición: abril 2023

Ediciones Arcanas
www.edicionesarcanas.es
edicionesarcanas@gmail.com

Edición: Ediciones Arcanas
Maquetación y diseño de interiores: Saray Santiago Fernández
Corrección:
Lucía Herguedas Verdía
Cosmin Flavius Stircescu
Vectores interiores e ilustraciones de cubierta: 123rf
Diseño y maquetación de cubierta: Elías Santos

ISBN: 978-84-126708-1-3
Depósito Legal: AL 761-2023

EL DIABLO SE VA DE MARCHA

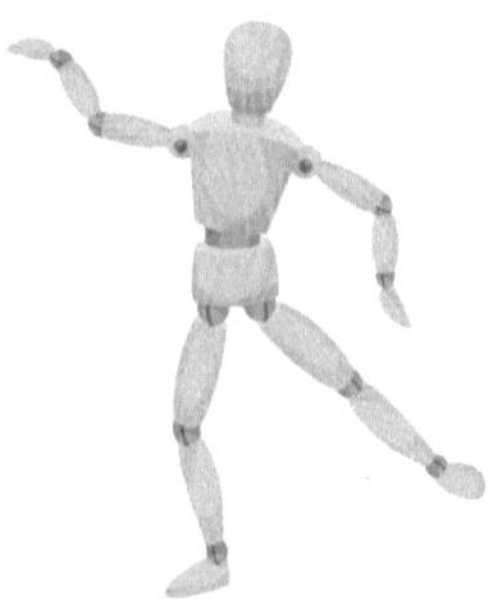

SARAY SANTIAGO FERNÁNDEZ

Para Alba y Antonio, los motores de mi vida.
Para ti, querido lector.

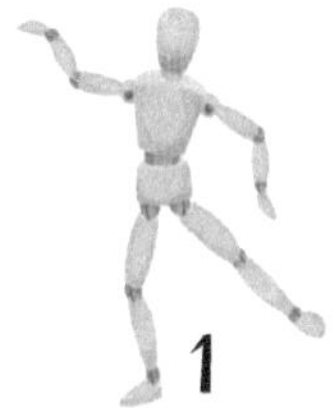

1

Me llamo Eruxas y soy un Ken. Sí…, un monigote de plástico vestido de pijo cuya única aspiración en la vida consiste en ser el novio de una muñeca aún más pija llamada Barbie. Pero no siempre he sido esto, no. Antes era un demonio, uno muy atractivo, todo hay que decirlo, y servía al mismísimo Hades en el Inframundo. Era su hombre de confianza… Mucho más importante que ese engreído de Caronte, que lo único que hace es ir de un lado a otro por el río Aqueronte y, encima, cobra dos monedas a cada pobre alma que sube. Me parece un criminal en potencia.

Como os contaba —es que me desvío del tema—, yo era mucho más importante. Me ocupaba del Tártaro, esa parte del Inframundo de la que nadie habla porque en ella están encerrados los peores monstruos del mundo. También siguen atrapados los titanes, pero ellos son buena gente. Todo se debe a una confusión, pero de eso os hablo en otra ocasión.

El caso es que yo castigaba a los malvados: un buen trabajo, bien pagado y divertido. Consiste en introducirte en la mente del ser en cuestión, ver su mayor temor o tormento y hacer que lo reviva por el resto de la eternidad. Además, se me da bien. Supongo que los miles de años que llevo —o llevaba— desempeñándolo ayudan a que sea tan bueno en lo que hago.

Pero todo cambió cuando llegó ella… Esa odiosa semidiosa con cuerpo de escándalo, sonrisa arrebatadora y mata de pelo esponjosa… Ella tiene la culpa de todo.

Aquel día, recibimos nuevos inquilinos en el Tártaro. En realidad, siempre vienen; pero esa en concreto nos intrigó a todos. Traspasé la puerta de la celda, fabricada con un material especial que solo los velaalmas podemos atravesar, y admiré asombrado a la nueva.

—¡¿Quién cojones eres tú?! —me soltó de sopetón con furia.

Su pose indicaba que tenía ganas de guerra y sus ojos, negros y profundos, se clavaron en mí.

—Soy Eruxas, tu velaalma —dije con una sonrisa.

Hades siempre nos recuerda que no debemos tratar con los castigados, pero a mí eso me parece… descortés.

—¡¿Qué cojones es un velaalma?!

Sus cejas se arquearon, mostrando una pizca de curiosidad, pero se mantuvo en guardia para atacar ante cualquier movimiento. Lo que ella no sabía era que no habría podido hacerlo, por mucho que se hubiese empeñado. Cuando tu trabajo implica castigar a la gente, lo normal es que se enfaden. Siempre intentan huir y, cuando ven que no pueden, los invade la furia o la pena infinita. A veces, incluso las dos cosas. Unos quieren atacarnos y otros se derrumban al comprender la terrible verdad: nunca saldrán de aquí. Al menos, no sin una redención.

—Los velaalmas somos los encargados de castigar a las almas del Tártaro —expliqué con paciencia, volviendo mi mente a la celda—. Pero tú no pareces una de esas almas.

Y lo decía en serio. Por lo general, esas almas corrompidas y malvadas se habían cebado en la Tierra, haciendo algo malo. Azshara, la nueva, no tenía pinta de eso. Aunque, con los siglos, he aprendido que las apariencias engañan y, hasta que entrara en su mente, no descubriría qué había hecho para merecer el castigo.

—¡¿Qué sabrás tú lo que soy yo?! —me escupió—. Castígame todo lo que te dé la gana, demonio de pacotilla. ¡Me importa un cojón!

—Bien… —Me encogí de hombros.

Era guapa, pero demasiado borde para mi gusto. No me gustan las personas que dicen palabrotas… Que sea un demonio no significa que no pueda ser educado, ¿verdad?

Me concentré un segundo y dejé que mi poder fluyera.

—¡¿Qué me pasa?! —preguntó asustada, sin un ápice de la chulería de antes.

No contesté. Me limité a cumplir mi trabajo. He de reconocer que soy bastante teatral y me gusta hacer las cosas bien. Primero los paralizo y después los ciego, dejándolos en la oscuridad absoluta. Ahí empiezan a asustarse y a ponerse nerviosos. Luego los privo del oído. Por último, me meto en sus mentes y adopto la forma de su mayor temor. Les digo lo mismo a todos: «Tus actos han sido juzgados. Tus pecados serán castigados. Puedes gritar, puedes correr… Pero no puedes esconderte». Suelo usar una voz grave bastante terrorífica. Cuando ya los tengo acojonados, busco el peor momento de sus vidas y se lo hago revivir una y otra vez.

Generalmente, son muertes, violaciones… todo tipo de actos terribles. Pero Azshara me dejó estupefacto. No encontré nada de eso. De hecho, lo único que encontré fue…

—¡Sal de mi cabeza, demonio asqueroso!

Le devolví sus sentidos algo confuso.

—No lo entiendo…

—¡¿Qué vas a entender tú, miserable demonio?!

Resoplé molesto. Sus malas formas me estaban hartando.

—Mira, Azshara, puede que seas una semidiosa, pero tus modales brillan por su ausencia —le espeté con rabia—. No soy yo quien está encerrado en una celda, así que te convendría ser algo más amable con quien tiene que castigarte, ¿no?

Ella me miró de arriba abajo con una ceja arqueada y una mueca que, de repente, se transformó en sonrisa. Se colocó las manos en las caderas y me observó con más detenimiento. Me puse nervioso y eso no suele pasarme.

—¿Vas a seguir mirándome así mucho tiempo? —pregunté incómodo.

—Vaya, no sabía que los demonios pudierais sonrojaros.

Su voz se había suavizado.

—Tenemos sentimientos, por si no lo sabías —repliqué.

—Eso estoy viendo… ¿Y bien?

Junté las cejas sin comprender.

—Y bien… ¿qué?

—¿Qué vais a hacer conmigo? —Recorrió la celda con desagrado—. Ni siquiera hay una maldita silla para sentarme.

Encogí los hombros. Las celdas de castigo son así, no hay nada, salvo tristeza, dolor y culpa.

—No has venido a tomarte unas vacaciones. Eres una castigada, aunque… —me rasqué la cabeza, buscando las palabras adecuadas— no hay nada en ti que deba ser castigado. No he hallado ningún pecado castigable.

Azshara me miró sin comprender, así que le expliqué:

—Las almas que llegan aquí son culpables; han cometido pecados atroces que deben ser castigados. Y para eso estoy yo. Pero contigo no lo tengo muy claro… Que yo sepa (y créeme, sé mucho), no hay ningún castigo por matar demonios.

Por supuesto, esa es una de las leyes que cambiaría si pudiera. Si matas a un humano, estás condenado. Si te cargas a uno de los míos, no te pasa nada… ¡Una injusticia en toda regla!

—No soy una «castigada», como me has llamado. —Su voz interrumpió mis pensamientos—. Mi padre me ha mandado aquí para darme una lección, por así decirlo.

Dioses… Tienen una forma muy peculiar de enseñar a sus hijos. Estaba a punto de compartir mi opinión con ella cuando sentí un pequeño tirón en mi interior. Tenía trabajo.

—Bueno, Azshara, en vista de que no eres de mi competencia, voy a hacer mi trabajo. ¡Las almas no se castigan solas! —Reí mientras salía de la celda.

—¡Oye, Eruxas!

—¿Sí? —Me extrañó que se hubiese quedado con mi nombre.

—Esto… ¿No podrías darme algo de comer?

La observé a través de la pared —sí, mis magníficos poderes me permiten hacer eso y mucho más— y la vi retorcerse uno de sus rizos. Parecía avergonzada, con los mofletes ligeramente sonrojados y los ojos brillantes fijos en un punto de la celda. No debía de estar acostumbrada a pedir las cosas.

—Las almas que vienen aquí no tienen un cuerpo físico que necesite alimentarse… Pero veré qué puedo hacer.

No sé por qué dije eso, pero la sonrisa que provocaron mis palabras en ella removió algo dentro de mí.

—Gracias.

Decidí no contestar y desaparecí.

2

Me aparecí en el palacio de Hades. No conseguía quitarme de la cabeza a la dichosa semidiosa. No puedo decir cuánto tiempo llevaba pensando en ella porque en el Inframundo no tenemos —Chronos es un dios muy ocupado y nunca tiene «tiempo» para visitarnos—, pero de haberlo tenido, seguro que habría pasado mucho.

Entré al salón principal —demasiado pomposo y recargado para mi gusto— y vi a la mascota de la esposa de Hades enseñándome los dientes. Se me paró el corazón del susto.

—¡Hola, Eruxas! —me saludó Perséfone sonriente, saliendo de una de las muchas puertas doradas que recorrían la sala. El bicho la había avisado—. ¿Cómo tú por aquí?

La diosa era tan hermosa que había conseguido conquistar al mismísimo dios del Inframundo. Y tan sensual que solo observarla caminar podía llevar al éxtasis a cualquiera, y yo no era inmune a sus encantos. Llevaba un vestido de gasa turquesa que le caía de forma elegante hasta rozar el suelo. Dos triángulos diminutos formaban la parte de arriba y cubrían con ligereza sus senos turgentes. Carraspeé en un intento de alejar los turbios pensamientos que me embargaban al mirarla.

—Quería hablar con Hades…

Se acercó a mí seguida de aquella monstruosidad, que a su lado parecía un cachorrito amoroso.

—¿Es por mi hermana?

Sus ojos estaban clavados en mí y una ceja perfecta se hallaba arqueada. Con una mano acariciaba a Cerbero y, con la otra, se rozaba la barbilla. De repente, un calor sofocante me invadió.

—¿Tu her-hermana? —pregunté sin comprender—. No... Esto... ¿Azshara? —Abrí los ojos como platos.

—Así que la has conocido. —Sonrió con picardía.

Sentía arder mi rostro, sobre todo las orejas. Mi voz parecía haberse quedado atascada en mi garganta.

Perséfone salvó la distancia que nos separaba y acercó sus labios carnosos a mi cuello. Noté su respiración sobre mi piel y un escalofrío me recorrió. Una de sus manos me apretó contra ella y la otra fue directa a mi entrepierna, que no parecía compartir mis temores y actuó de forma imprudente.

—Vaya, Eruxas... Aquí abajo hay más de lo que parecía... —susurró al tiempo que me lamía el rostro.

—No... Yo...

No podía articular palabra. Entre el miedo de ser, literalmente, desintegrado si Hades nos pillaba así y la excitación de tener a una mujer de esa guisa, mi capacidad de reacción se había concentrado en un solo lugar.

Me dio un beso, cálido y húmedo, y se separó de mí con brusquedad. Sentí como si me hubieran cortado por la mitad.

—No te pongas nervioso, querido Eruxas. Solo estaba divirtiéndome un poco. —Soltó una carcajada al tiempo que me ofrecía la espalda y se alejaba, moviendo las caderas de forma sensual. Cuando llegó a la puerta por la que había entrado, se detuvo y me miró—. No te encariñes con ella, amigo mío. Zeus no tardará en devolverla a la Tierra. Solo quiere que siga sirviéndolo y cree que, encerrándola aquí, la convencerá.

—¿Que siga sirviéndolo? ¿Matando demonios? —me sorprendí.

Pero ¿eso estaba permitido? ¿Aniquilarnos como si fuéramos escoria en una especie de trabajo remunerado? Sentí un remolino de furia y asco. Perséfone asintió, y no solo a mi pregunta.

—Así son las cosas con mi padre, Eruxas. Azshara es su cazadora.

A pesar de que no me apetecía alimentar a la cazadora de demonios, mi conciencia —sí, los demonios tenemos de eso— no me dejaba tranquilo. Así que hice aparecer en su celda una mesa, una silla y una bandeja con pan y agua. Solo eso, nada de consentirla.

—Gracias, Eruxas —dijo al vacío.

Sin embargo, sabía que yo la oiría.

«De nada», le transmití.

Seguí trabajando hasta que esa extraña sensación se volvió insoportable. «Solo quiero comprobar que no se ha escapado. Zeus se enfadaría si le pasara algo», pensé en un burdo intento de convencerme a mí mismo; lo cual era una estupidez, considerando los extras que conllevan mi trabajo. Aunque no tenemos seguro dental (Hades cree que no lo necesitamos, pero debería ver algunas dentaduras de por aquí... ¡Qué asco!), contamos con una «alarma» mágica que nos avisa cuando alguien escapa; así que no me hacía ninguna falta ir a verla para saber que estaba bien y en su celda.

—No te quedes fuera. Prefiero que me espíes dentro —me advirtió y, bajando el tono, añadió—: Al menos así tengo compañía.

Me sorprendió que pudiese sentirme a través de la pared; pero claro, era una semidiosa cazadora de demonios. Puse los ojos en blanco.

—Solo comprobaba que no te has escapado —mentí como un bellaco, apareciéndome dentro.

Azshara me lanzó una mirada que entendí a la perfección: no se había creído ni una palabra. Pero la sonrisa cómplice me dejó sin aliento.

—Y... ¿qué has hecho para cabrear a Zeus? —Hice un gran esfuerzo por no mirarla embobado.

Desvió la vista, incómoda. Creí atisbar culpabilidad.

—¿Qué sueles hacer para divertirte aquí abajo? —cambió deliberadamente de tema.

Bueno, si ella no quería hablarme de su vida, ¿quién era yo para obligarla? Hice aparecer una silla y me senté a su lado.

—Así que quieres saber lo que hacemos los demonios para divertirnos, ¿eh? —Alcé una ceja, fingiéndome el interesante. Ella asintió divertida—. Está bien, pero luego no me pidas que te lleve de fiesta. Mi reputación se vería seriamente afectada si me vieran con una matademonios por ahí. —Reí y ella me miró extrañada.

Supongo que no se esperaba que me lo tomase tan bien. Ni siquiera yo sabía por qué reaccionaba así. Lo único que tenía claro era que me apetecía estar allí.

Durante un buen rato le conté cómo nos divertíamos los demonios en el reino de Hades. Le relaté algunas de mis juergas y anécdotas divertidas. Su sonrisa se fue ampliando y su recelo disminuyó.

—¿Escucháis música? —se sorprendió cuando le describí los conciertazos que nos montábamos.

—Por favor... Ser demonio no implica carecer de buen gusto —repliqué ofendido.

Ella puso los ojos en blanco.

—¿Sabes? Nunca había cruzado más de dos palabras con un demonio. —Un mechón se le soltó del recogido y le ocultó parte del ojo derecho. Sentí unas ganas irrefrenables de apartárselo, pero sonreí y me contuve—. Yo... Bueno, ya sabes...

—Tú solo ejecutas sin más —la ayudé, intentando no crispar el rostro con repulsión.

—Eso. Creía que solo matabais y bebíais sangre.

Junté las cejas asqueado.

—¿Beber sangre? Pero ¡qué asco! A ver, no te voy a negar que hay algunos por ahí que están muy locos y les chifla eso de comer vísceras y tal, pero es una guarrada. La mayoría vive aquí o en alguna de las dimensiones y disfruta de su vida.

Azshara se me quedó mirando de una forma intensa. No supe descifrar lo que sus ojos me transmitían, pero era incapaz de apartar los míos de ella.

—¡Bueno! —Se levantó de un salto y casi me mata del susto—. Tendrás mucho trabajo que hacer y yo tengo sueño.

Vale… Me estaba echando así, sin anestesia ni nada. Me encogí de hombros y puse una expresión de indiferencia digna del mejor actor.

—Buen descanso —le dije sin emoción en la voz.

—Sí…, para ti también.

Desaparecí de allí y la dejé sola, sumida en sus pensamientos.

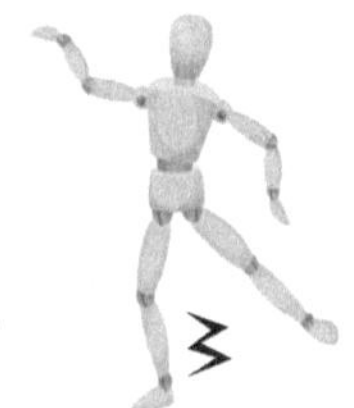

En cuanto se despertó, encontró una bandeja de pan, agua y… queso. No quería consentirla, pero me daba pena y un poco de queso tampoco era para tanto… ¿verdad? Observé su sonrisa a través de la pared y me sentí bien… Muy bien.

Y así empezó aquella extraña relación digna del mejor récord Guinness. La visitaba cada vez que podía (y si no, hacía por poder; lo que me estaba ocasionando algún problemilla con la desatención a los castigados) y hablábamos de la Tierra, el Inframundo, sus gustos y los míos… Por consideración, yo no le preguntaba por su padre y ella no me hablaba de su trabajo, para evitar un conflicto de intereses.

Nuestra amistad se fue forjando y algo más empezó a salir de ahí. Por supuesto, como comprenderéis, ya no le daba solo agua, pan y queso. Traía verdaderas delicias que compartíamos en la celda. No es que yo necesite alimentarme de comida humana —aquí abajo tenemos nuestro propio alimento—, pero me hablaba tanto de ella que, al final, acabé por probarla. Al ser un demonio, no puedo saborearla con la misma intensidad que hacéis los humanos; de hecho, le saco poco sabor. Sin embargo, verla disfrutar de ese modo me bastaba. Recuerdo a la perfección cómo cerraba los ojos cuando aspiraba el aroma de los raviolis de setas…

Con el tiempo —sí, ya sé que os dije que aquí no tenemos, pero es muy difícil que me entendáis sin usar estas pequeñas referencias—, nuestras charlas se hicieron más largas y profundas. Ya no solo hablábamos de nimiedades, sino que compartíamos mucho más.

—No quiero seguir siendo una cazademonios —confesó un día, sin yo esperármelo—. Desobedecí su orden y me quedé más tiempo del que debía en la Tierra.

Su mirada estaba perdida en el recuerdo. Quería preguntar, pero la conocía demasiado para saber que era mejor esperar a que continuase. Tras unos minutos, clavó sus ojos en mí y sonrió con culpabilidad.

—Envió a otro cazador a por mí para llevarme de vuelta, pero lo maté y escapé. Ha tardado mucho en capturarme y por eso no me deja volver... aún. Según él, soy lo que soy por mi culpa y he de enmendar mi error. No puedo simplemente desaparecer porque mi deber es arreglar lo que hice.

Suspiró con tristeza y mi corazón se encogió con el suyo.

—¿Qué hiciste? —me atreví a preguntar, muerto de curiosidad. Bueno, muerto exactamente no..., pero ya me entendéis.

Azshara se levantó de la silla y paseó por el cubículo.

—Abrí una brecha en la Tierra y tu gente escapó —confesó en un susurro.

—Así que fuiste tú —comprendí.

Recordaba aquel momento con absoluta claridad. El Inframundo está cerrado a cal y canto y protegido por Hades. Solo los muertos pueden venir y únicamente Caronte puede traerlos. Es cierto que los dioses entran y salen a su antojo, pero a los demonios no se nos permite subir a la Tierra.

Nosotros no tenemos alma, así que no se nos concede el permiso para vivir fuera de nuestro mundo. Solo podemos viajar entre dimensiones. Un acuerdo entre el viejo Zeus y Hades. Muchos demonios ansían hacerlo, y no solo por la comida. En la Tierra hay muchas cosas que no podemos experimentar aquí abajo, al menos no con la intensidad que lo haríamos allí con un cuerpo vivo. Por eso mi gente lleva eones intentando subir, sea poseyendo a los humanos o a través de los sueños.

Un buen día apareció una especie de portal parecido a una grieta, que nos permitía viajar a la Tierra. En cuanto se corrió la voz —para eso somos los mejores, la verdad—, muchos escaparon. Aquí estamos controlados, pero allá arriba… Hay demasiadas posibilidades y, al no tener alma, resulta fácil corrompernos.

Descubrieron que había una forma de adquirir la capacidad de los humanos; algo que, por desgracia, yo también aprendería más tarde. Y no me refiero solo a aparentar serlo. Encontraron un método para disfrutar y saborear la vida, pero a un alto precio para los humanos. Se armó una buena y Zeus montó en cólera.

Nadie sabía cómo había surgido el portal. Hades pilló un cabreo monumental y se lio parda cuando el gran recolector de nubes bajó al Inframundo. Cuando descubrieron la causa, Zeus juró que el culpable —ahora ya sabía que era la hermosa pelirroja que tenía delante— lo pagaría. Hades tuvo que usar su mayor tesoro, un objeto superpoderoso regalo de Rea, para cerrar la grieta. Aun así, habían escapado miles.

—Desde entonces, mi trabajo es capturarlos a todos y matarlos. —Sus palabras me devolvieron al presente. Azshara me miraba azorada—. Pero ya estoy cansada... Llevo siglos haciéndolo, pero arriba retozan con humanas y su linaje se expande... No... No quiero seguir matando niños, Eruxas. No puedo más.

De sus preciosos ojos empezaron a brotar lágrimas de rabia e impotencia. Fui incapaz de permanecer alejado de ella, así que me acerqué y la abracé. Llevaba mucho —pero tela de mucho— queriendo hacerlo, aunque no me había atrevido hasta ese momento. Sus lágrimas me ofrecieron la excusa perfecta. Aspiré su aroma y cerré los ojos en un intento de atesorarlo. Deseaba ser quien la consolara... Y lo conseguí.

Ella no se retiró. Me devolvió el abrazo y enterró su rostro en mi pecho hasta que se calmó. Entonces ocurrió algo que me dejó helado… o ardiendo.

Se separó lo justo para mirarme. Nunca la había tenido tan cerca; podía ver cada una de sus pecas, los labios carnosos y apetecibles y sus pupilas dilatadas fijas en mí. Aún hoy, tantos años después, recuerdo a la perfección aquel momento. Nuestros rostros se fueron acercando más hasta que nuestros labios se rozaron. Fue un roce sutil, perfecto. Y ahí perdimos la cordura.

Nuestras bocas se fundieron mientras las lenguas bailaban cómplices. Deslicé mis manos por su cuerpo y ella se deleitó en el mío. La ropa acabó en el suelo, y nosotros, en la cama.

—¿Qué ha pasado? —preguntó sobre mí, jadeante.

—¿Te refieres a que ha pasado muy rápido y no te has enterado? —inquirí muy, pero que muy preocupado. Sobre todo, porque no había aguantado tanto en mi vida.

El sonido de su risa me llenó de calidez y apaciguó mi inquietud.

—¡No seas tonto! —Se acomodó en mi pecho y suspiró—. Ha sido estupendo… Me refería a que… Bueno, Eruxas, eres un demonio, y yo, una cazademonios. Esto no está bien visto…

—No, no lo está. Es algo así como el peor de los pecados —suspiré. Su corazón empezó a latir con más fuerza, ella conocía tan bien como yo el precio de lo que habíamos hecho—. Pero lo bueno de estas celdas es que nadie tiene acceso a ellas, salvo los velaalmas. Yo soy el tuyo, así que nadie más que yo tiene acceso a la tuya.

Su pulso se calmó un poco.

—Me alegro.

Ninguno de los dos dijo nada más. Simplemente, disfrutamos del contacto del otro en un silencio plácido.

—¿Qué es esta cosa? ¡Se mueve! —comentó sorprendida y curiosa, señalando un sol con dos brazos extendidos y dos pies diminutos en su interior que se movía por mi pecho como Pedro por su casa.

No estaba muy orgulloso de aquel tatuaje; era amorfo y feo, pero no había tenido voz ni voto cuando apareció en mi piel por obra y gracia del dichoso Hades.

—Es la representación de Caos. La marca con la que somos «marcados», valga la redundancia, los velaalmas. Ya sabes que el coleguilla existe antes que el resto de dioses y fuerzas elementales, el estado primigenio del cosmos, vaya. Se supone que todos venimos de él o algo de eso dicen… Vete tú a saber, dicen tantas cosas. El caso es que, cuando Hades nos crea, aparecemos con este tatuaje tan feo y que, encima, puede moverse por todo nuestro cuerpo.

Me encogí de hombros con resignación ante la sonrisa de mi pelirroja favorita.

—Tienes un don para contar las cosas… Siempre me haces reír.

Y, como para que viera que decía la verdad, soltó una carcajada. Me habría encantado sustituir ese sonido por otro más… caliente. Ya me entendéis, pero sentí el tirón familiar y resoplé molesto.

—Tienes que trabajar. —No era una pregunta, pero igualmente asentí.

—Debo irme.

Ella suspiró y me dejó levantarme. Me vestí con el pensamiento para ahorrar tiempo (os molan mis poderes, ¿eh?) e hice aparecer una bandeja de sus frutas favoritas. La besé en los labios.

—Volveré.

—¿Como Terminator? —Soltó una carcajada (otra más) ante mi cara de perplejidad—. Algún día veremos juntos esa peli.

Le dediqué una sonrisa y asentí. Me fui con esas últimas palabras rebotando en mi mente una y otra vez. No porque tuviera ganas de ver una película donde un tío cachas que resulta que es un robot tiene que salvar a un niño de otro tío que se convierte en líquido... ¡Qué poca imaginación, de verdad! No, no me apetecía nada; aunque al final acabaría tragándomela, muy a mi pesar. Pero esa frase implicaba un futuro juntos... ¿Y si hubiera una forma de convertirla en realidad?

Cumplí mi trabajo a la perfección, sin apartar ese pensamiento de mi mente. Una idea descabellada fue tomando forma. Había un modo de que pudiéramos hacerlo y yo lo sabía; no era fácil, pero se podía intentar.

Hasta ese momento, nunca me lo había planteado siquiera. De hecho, cuando la grieta se abrió, yo seguí cumpliendo mi trabajo como sin nada. Pero claro, tampoco había sentido nada parecido por nadie ni había tenido la necesidad de ir a cualquier otro lugar. Siempre me había considerado feliz y no necesitaba nada más en mi vida... Hasta que la conocí.

Ya no era así. Ahora mi felicidad se basaba en la suya y mi necesidad solo podía calmarla ella. Y más ahora que había probado la ambrosía de su cuerpo…

Mi plan era una locura y lo sabía, pero si lo conseguíamos, ella quedaría libre. Ya no tendría que cazar demonios y yo iría con ella a la Tierra. Podría enseñarme aquellas cosas de las que tanto me hablaba. Todo sería perfecto…

Me encaminé a su celda dispuesto a contarle mi plan, sin sospechar que me convertiría en lo que soy ahora.

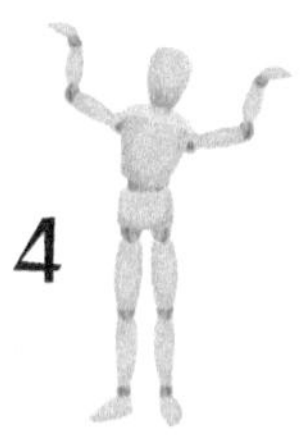

4

—¡Es una locura! —Azshara se echó las manos a la cabeza. Su rostro estaba rojo y le temblaban las manos—. Si nos pilla, nos mata, Eruxas. ¿Y para qué? ¿Y si luego no sirve? ¿Y si, a pesar de los riesgos, no nos vale? Moriríamos por nada. Mi padre no se meterá si Hades me pilla robándosela. La suya la tiene como oro en paño y no nos deja ni acercarnos.

—A ver, cálmate un momento —la interrumpí—. Llevas un buen rato diciendo eso en bucle… No lo vamos a hacer sin un plan. Y funcionar lo hará, sin duda.

Ella clavó sus ojos negros en mí con una expresión que pasaba de la incredulidad a la esperanza y viceversa.

—Eso no lo sabes —me señaló con el dedo.

—Sí lo sé. El poder de la piedra es prácticamente ilimitado. Es como un canalizador superpotente de toda la magia que existe en el mundo. Con el conjuro adecuado, podremos hacerlo.

—¿Cómo?

—Simple. La cogemos, subimos, decimos el conjuro y mandamos a todos los demonios a casa; bajamos, la devolvemos a su sitio sin que Hades se percate de su ausencia y le pides perdón a tu padre. Serías libre y… No sé… Podríamos… —Esa última parte del plan no sabía cómo planteársela porque ni yo mismo me atrevía a decirla en voz alta.

Ella me miró suspicaz y alzó una ceja. Sus labios estaban curvados en una sonrisa ladeada que me volvía loco.

—¿Y?

—Podrías enseñarme todas esas cosas de las que tanto me hablas…

No era del todo lo que quería decir, pero bastaba. Su sonrisa se ensanchó, pero al momento la preocupación regresó a su rostro.

—Hay muchos flecos en ese plan. Si nos pillan, el castigo será severo… Muy severo. —La duda y el miedo brillaban en sus ojos, aunque la tentación de ser libre resultaba demasiado alta.

Me acerqué a ella lo suficiente para apartarle aquel mechón rebelde. La besé con intensidad.

—No nos van a pillar —susurré en sus labios—. Esperaremos a que Hades vaya a llevar a Perséfone, dentro de tres días. Cuando lo hace, se pone triste y tarda en regresar. Todo le recuerda a ella y pasa un tiempo en la Tierra.

Azshara abrió los ojos sorprendida.

—¿Quién lo diría? El gran señor del Inframundo triste por mi hermana…

—Así es el amor. —La miré con pasión, intentando transmitirle lo que sentía, ya que era incapaz de confesarlo.

No sé si lo entendió, pero respiró hondo sin apartar la mirada y con una sonrisa tímida.

—¿Y Cerbero? —preguntó al fin.

—Perséfone siempre se lo lleva.

Me miró con extrañeza.

—¿Se lleva a esa cosa con ella? Mi hermana tiene unos gustos muy extraños.

Asentí con una mueca, yo tampoco lo comprendía.

—Se supone que adquiere la apariencia de un rottweiler. Por eso no llama la atención.

Aunque yo nunca lo había visto así, solo lo sabía de oídas.

—¿Pero dejan las puertas del Inframundo sin protección?

La miré sin comprender, así que resopló y puso los ojos en blanco.

—¿No se supone que Cancerbero es el guardián del Inframundo? Vamos, el que se encarga de que los muertos no salgan y los vivos no entren.

Solté una carcajada involuntaria y me gané su mirada reprobatoria. Colocó los brazos en jarra, parecía ofendida.

—¿A quién se le ocurren esas chorradas? —Intenté no reírme—. Solo es un perro. Feo, grande y con tres cabezas; pero nada más. A ver… A todos nos da algo de miedo, el cabroncete tiene una manía insana por desmembrarnos así porque sí, y solemos evitarlo en la medida de lo posible.

—¿Os usa como juguetes? —se sorprendió.

Asentí.

—Supongo que se aburre…

Se quedó en silencio un momento, asimilando lo que acabábamos de hablar.

—No sé, Eruxas —dijo al fin con el rostro ceniciento—. Quiero acabar con esto y tu propuesta es tentadora, pero no… No creo que podamos hacerlo.

Iba a volver a insistirle, pero sentí algo extraño.

—Pasa algo… —dije, y desaparecí.

«Voy a ver qué pasa», le transmití. Al entrar en su mente, el enfado me golpeó con fuerza. Marcharme así parecía no haber sido una buena idea, pero tenía que averiguar si sucedía lo que sospechaba.

—¿Qué ocurre? —le pregunté a Atrax.

Él se encogió de hombros.

—No lo sé. Estaba en el Éufrates con mi churri cuando hemos sentido la perturbación.

—¿Sigues con aquella diablesa tetona? —me sorprendí—. ¿Cómo se llamaba?

—Lory —asintió con una sonrisa tonta en su rostro verdoso.

Sus ojos amarillos de serpiente tenían un brillo especial. Nunca lo había visto así, y eso que lo conocía desde que salió del huevo.

—¡Vaya! Me alegro por ti. ¡Tenemos que quedar para celebrarlo!

—Sí, porque parece que ya no quieres cuentas con tu mejor amigo. Últimamente estás tan ocupado… —Me miró con una ceja de reptil arqueada.

Carraspeé y centré mi vista en la entrada al palacio, que era donde se concentraba la perturbación.

—Bueno…, ¿qué pasa? —pregunté como si nada.

Soltó una carcajada.

—Ya me lo contarás, ya… —asintió convencido, luego miró al mismo punto que yo.

Una especie de remolino con truenos se estaba formando allí y muchos demonios habían acudido a curiosear.

—Pues parece que viene alguien gordo, creo que es el mismísimo Zeus —comentó uno de piel violeta y cuernos que había a mi lado.

—Eso parece. Se oyen rumores de que su hija está en el Tártaro y viene a por ella —contestó una diablesa de aspecto sensual. El rabo se mecía a los lados.

—¿Ah…, sí? —pregunté con un nudo en el estómago.

Ella me miró, se apartó el cabello violeta del rostro y me dedicó una sonrisa lasciva.

—Eso he oído —confirmó con voz musical.

Tenía buenas curvas, ¿para qué engañaros? Pero en ese momento mi mente estaba en otro sitio; concretamente, en una de las celdas.

—Dicen que es una cazademonios —se sumó otro con tentáculos.

Me quedé mirándolo un momento, pensando en lo diferentes que somos los demonios. Los hay de todas las clases y colores; con muchas o pocas extremidades, con uno o varios ojos… Somos tan variopintos… No como los humanos, que parecéis todos iguales.

—¿Tú no sabrás nada? —inquirió Atrax suspicaz, devolviéndome a la realidad.

—¿De qué? —Me hice el tonto.

—De la cazademonios, claro —susurró.

—¡No! ¿Por qué debería saber nada yo? —pregunté nervioso—. Solo porque trabaje en el Tártaro no significa que vaya a conocer a todo el mundo. A ver, que hay muchas almas para castigar y ella no es solo un alma… y… —Se me acababan los argumentos.

La fina línea que formaban sus labios se curvó en una sonrisa extraña.

—Así que ese es el motivo —sentenció mi amigo con la expresión de quien sabe que ha encontrado la última pieza del puzle.

—¡No digas tonterías! —exclamé, pero ya estaba perdido.

—No se te ocurra hacer nada con ella, Eruxas —me advirtió con la voz aún más baja—. Ya sabes cuál es el castigo…

—Lo sé —suspiré.

Sus ojos se abrieron como platos.

—¡Te has enamorado! —soltó de sopetón más alto de lo que pretendía y con cara de espanto.

Estábamos rodeados de demonios (muchos habían acudido a cotillear con la esperanza de que volviera a abrirse una grieta o algo así) y los más cercanos desviaron sus rostros hacia nosotros.

—Este, que se ha enamorado de la tetona que conocimos ayer en el club Muslitos. —Se carcajeó con nerviosismo, al tiempo que me soltaba un manotazo en el hombro.

Para mi deshonra, se echaron a reír a carcajada limpia.

—¡Vaya un estúpido! —oí decir.

—Ya te vale, Atrax —musité algo molesto.

—Ha sido lo primero que se me ha... —Su voz y la de los demás cesaron de golpe.

Un hombre fornido, de porte elegante, cabellos rubios como el sol y ojos azules como el cielo apreció en medio del remolino. Apenas aparentaba la treintena, pero todos sabíamos que su vida se podía contar por milenios. Vestía una simple tela blanca anudada a la cintura que apenas tapaba sus vergüenzas.

—Parece orgulloso de su cuerpo, ¿eh? —comentó Atrax en un susurro.

De no ser por la mueca de disgusto que mostraba el dios, me habría reído. Pero mi sangre se había helado.

—¡Hades! —exclamó con una voz tan potente que retumbó en mi cabeza. No parecía muy contento.

Hades bajaba en ese momento los treinta peldaños (sí, los he contado; ¿qué pasa?) que daban acceso al palacio y lo separaban de su hermano. Físicamente, no había mucha diferencia entre ellos. A Hades le gustaba más el fuego que el pelo y su túnica era negra, además de estar anudada en los hombros. Por lo demás, casi iguales.

—¡Zeus! ¡Qué agradable visita! —Su voz también sonaba potente, pero transmitía ironía.

—¿Por qué no ha cedido aún? —preguntó sin importarle lo más mínimo el público que observaba asombrado el encuentro.

—No tengo ni la más remota idea, hermano —confesó Hades con un deje vacilón.

Los ojos de Zeus se encendieron con electricidad. Daba mal rollo verlo, la verdad. Parecía que en cualquier momento se iba a poner a lanzar rayos por ellos a diestro y siniestro.

—¡Tus velaalmas no están haciendo su trabajo!

¡Hala, ya me habían metido en medio! Tragué saliva. El nudo del estómago se había subido a la garganta.

—¡No te permito que cuestiones a mi gente, hermano! —Hades juntó las cejas y el Inframundo tembló con su ira contenida.

—¡Si no quieres que lo haga, que cumplan con su trabajo!

—Tu hija se niega a seguirte el juego. Otra más para la colección —se mofó.

Se hizo un silencio tenso. Los insensatos que habíamos osado quedarnos nos arrepentimos. Sin embargo, la escena era demasiado interesante para largarse y ponerse a salvo de la ira de los dioses.

—Hades…, no he bajado a discutir. —Su tono no indicaba eso, precisamente—. ¡Haz que vuelva!

—¿Y cómo pretendes que haga eso?

—Ese es tu problema, no el mío.

—Tengo al mejor velaalmas con ella, no creo que sea mi problema. Puede que lo que le ofreces no sea suficiente —comentó con sorna.

Sus palabras deberían haberme hecho sentir orgulloso, pero agrandaron el nudo de mi garganta.

—Mi paciencia se está acabando —dijo antes de desaparecer junto al remolino de rayos y truenos que había aparecido.

—La mía ya lo ha hecho —escupió Hades a la nada.

Como si supiera que estaba allí, desvió sus profundos y enfadados ojos azules hasta mí. Su cabello, normalmente azulado, lucía ahora rojo intenso.

—¡Eruxas! —me llamó con furia contenida.

—¿Sí…, mi señor…? —Me acerqué a él, intentando mantener a raya mi temor.

—Ya le has oído. Quiero que uses tu castigo más cruel. Haz que esa zorra cazademonios desee morir.

No había dudado de mi trabajo, solo me pedía que fuera más contundente y yo no pude hacer otra cosa más que asentir. ¿Qué iba a decir si no?

—Sí, señor. Así lo haré.

—Confío en ti para esto, Eruxas.

—Gracias, mi señor. No le defraudaré.

Quise gritar, quise negarme. Pero tenía demasiado miedo.

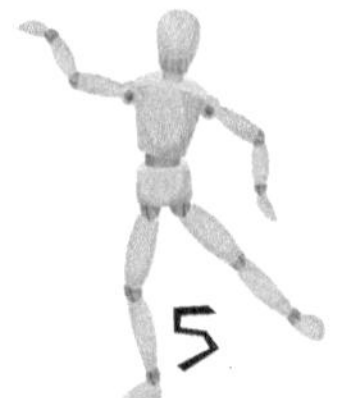

5

Fui a buscarla con los nervios a flor de piel. Las palabras de Hades seguían retumbando en mi cerebro tres días después. Al regresar a la celda tras su «encargo», le conté todo a Azshara; pasó del cabreo y deseo de matar a su padre al temor de que su tío la pillase. Me costó horrores convencerla —y convencerme, porque ya no lo tenía tan claro— de que el plan funcionaría.

La cosa es que los tres días que nos separaban de la partida del dios del Inframundo habían pasado como un salto de esos de las películas. Y allí estábamos, dispuestos a colarnos en el palacio de Hades para robarle su objeto mágico más poderoso y amado del mundo: el trozo de piedra que Rea le dio en señal de amor infinito. Vamos, esa con la que engañó al chalado de su esposo Crono para salvar al padre de Azshara, que partió en pedazos y repartió a cada uno de sus hijos. Y todo para ver Terminator y comer comida basura en la Tierra…

Suspiré y llené mis pulmones del aire viciado —el único que hay por aquí— y lo fui soltando a poquito para calmarme. Se suponía que debería servir, pero estaba acojonado.

Mi tatuaje parecía en consonancia con mi acojone y se escondió bajo los calzones.

—¿Listo?

«No».

—Sí, claro.

Azshara se recogió la melena rojiza en un moño, respiró hondo y me dio un beso.

—¡Pues vamos!

Asentí y salimos de la celda con mi magia.

¿Dónde habían quedado sus dudas? ¿Me las había pasado todas a mí o qué?

Iba superdecidida mientras nos deslizábamos por el Inframundo camino al palacete de Hades. Yo tenía cada vez más ganas de salir corriendo, pero mantuve el tipo como un campeón.

—¡Guau! —exclamó en un susurro cuando vio la escalinata y la «casita» de su tío.

—Sí… No se priva. —A las palabras les costaba salir de mi garganta.

—¿Cómo sabremos dónde está?

Carraspeé y me forcé para sonreír.

—Eso es fácil. Tiene un salón enorme con sus tesoros. La piedra está un altar de oro y diamantes. Ya te lo he dicho, no se priva de nada.

—Pues vamos. —Me devolvió la sonrisa y me cogió de la mano. Su tacto calmó mi miedo y asentí convencido.

«¡Todo saldrá bien!», me dije. Lo peor es que, en ese momento, me lo creí de verdad. El amor nos da alas, dicen. Pues cuidado con ellas: un descuido y caemos de cabeza.

Milagrosamente, llegamos al salón sin contratiempos. Era mucho mayor, más lujoso y recargado de lo que me habían contado. La «piedra», un pedrusco gris sin más, estaba en el altar que me había dicho Atrax —casi se muere del susto cuando le pedí el favor, pero es que él trabaja en el palacio y, francamente, pasaba de dar vueltas a lo tonto en un casoplón como ese—; no parecía gran cosa, la verdad.

Nos acercamos con sigilo, aunque podía oír los latidos de Azshara bombeando con fuerza. Apreté su mano para infundirle —infundirnos— valor. Me miró, como pidiéndome permiso, y asentí. La cogió con cuidado, por si se pudiera romper.

—¿Y ahora qué?

—Hay que recitar el conjuro para que se abra el portal —informé mientras buscaba en mis bolsillos el papel garabateado que me había dado Atrax—. ¡Aquí está!

—Pues venga —apremió con voz temblorosa y moviendo los ojos de un lado a otro más rápido que Marujita Díaz (sí, conozco a la vedette. Lo pasamos en grande con ella por estos lares).

Respiré hondo, cogí la piedra de sus manos sudorosas y asentí.

—Underworld, ánoixe tis pórtes sou gia ména.

Justo en ese momento ocurrió algo que jamás me perdonaré en la vida. Las puertas del salón se abrieron al mismo tiempo que el portal. Los ojos de Hades pasaron de la tristeza al asombro y, luego, al enfado. Pero un enfado de esos que no pregunta y te fulmina. Literalmente, sus ojos echaban chispas tan rojas como el pelo de Azshara, que alternaba la vista entre el dios cabreado, el portal abierto y yo, que me había quedado como una estatua.

—¡Eruxas! ¡Detenla! —me gritó Hades.

Azshara corrió hacia la grieta, creyendo que yo la seguiría, pero se giró justo a tiempo para ver que no; permanecí quieto con la piedra en la mano y el rostro desencajado. Capté en sus ojos la desolación, rabia y tristeza que mi traición le estaban provocando. Sin la piedra no podría restaurar su error. Tendría que seguir matando para Zeus o huyendo el resto de su vida... Por mi culpa.

Supe que jamás me perdonaría y me odié por ello.

Mi corazón pareció haberse detenido un instante, para acumular toda la tristeza y el odio hacia mi cobardía y soltarlos de golpe con un nuevo latido, irradiando todos aquellos sentimientos en cada fibra de mi ser.

—Eres como todos los demonios, Eruxas. Un ser despreciable y mentiroso...

Sus palabras se clavaron en mí como dagas afiladas, que se abrieron paso hasta mi interior. Me dedicó una última mirada cargada de una rabia infinita; miró con anhelo la piedra de mi mano, su salvación, y desapareció por la grieta.

Podría parecer que trascurrió mucho tiempo, pero nada más lejos de la realidad.

Apenas dos latidos bastaron para que el portal se desvaneciera y, en su lugar, un vacío terrible y un dolor inmenso se instalaran en mi pecho.

Quise gritar y salir corriendo tras ella, pero no lo hice.

El señor del Inframundo llegó a mí y cogió la pierda que sostenía. Creyó que la estaba protegiendo. Le oí despotricar contra Azshara y contra Zeus por haberla traído. Dijo muchas cosas. Me preguntó algo y contesté como un autómata. Me inventé una historia digna del mejor escritor y Hades se la creyó. En cuanto pude alejarme, lo hice. En silencio, caminé hasta el Éufrates. Observé las aguas negras y profundas con la mirada perdida.

Me dolía todo, cada ínfima fibra de mi ser la echaba de menos y me gritaba enfadada. La había perdido para siempre.

Esa mirada… No podía dejar de pensar en su mirada triste y decepcionada. El odio que se había prendido con la fuerza de una llamarada…

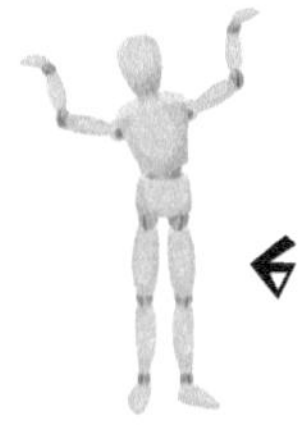

Muchos muchos años humanos después

Esa tarde no me encontraba bien. Bueno, como las últimas tropecientas desde que la dejé tirada. Pero, aquella en particular, no dejaba de darle vueltas a algo que me había dicho Atrax. Un alma humana se había tirado al río Aqueronte desde la barca del viejo Caronte. Casi la pierde de no ser por Atrax, que «jugaba a los médicos» con su churri cerca. Parecía algo muy serio y Caronte ahora debía un favor a mi amigo, que me había dicho, textualmente: «Voy a darte este favor a ti para que vayas a verla y vuelvas a ser tú, porque te has convertido en un aguafiestas y un sieso».

Atrax me había ofrecido la oportunidad de volver a verla y pedirle perdón. ¿Quién sabía? A lo mejor me echaba de menos y se le había olvidado ya mi traición. Al fin y al cabo, en la Tierra habían pasado por lo menos treinta años.

—Vale, Atrax. Me quedo tu favor.

—Bien dicho. Venga, vamos a ver a Caronte.

—¿Recuerdas las normas?

—Sí. No puedo dejarme ver, no puedo tocar a ningún humano y, en cuanto me quede sin energía, regreso cagando leches al Inframundo antes de que me descubran —recité por enésima vez.

Caronte asintió con aprobación.

—Bien, toma esta moneda. Para volver, tienes que frotarla tres veces.

—¿Como la lámpara de Aladino? —pregunté divertido.

—¿Quién? —Atrax me miraba como si me hubiese vuelto loco.

—Déjalo. Vale, Caronte. Ya estoy preparado.

El barquero me hizo un gesto y subí a la barca.

—Suerte, amigo —me deseó Atrax mientras me alejaba.

Cuando llegamos al embarcadero, Caronte me indicó una grieta brillante en medio de la oscuridad. No dejaban de entrar humanos a través de ella. Parecían perdidos y asustados, al menos la mayoría. Reprimí un escalofrío.

—Crúzala en sentido contrario y llegarás al mundo de los humanos. No olvides las normas y protege la moneda con tu vida —me recordó una vez más antes de volver al trabajo.

Asentí y me bajé de la barca con un gran esfuerzo, ya que las piernas me temblaban.

—Vamos, Eruxas. No seas un miedica... ¡Tú puedes! —me animé mientras recorría la distancia que me separaba de la entrada... O de la salida.

La atravesé con los ojos cerrados porque la intensa luz me hacía daño y, nada más cruzar, una voz de mujer llegó a mis oídos seguido de un olor insoportable y asqueroso.

Abrí los párpados y me encontré en un lugar muy pequeño, un cuarto de baño. Había una mujer y una niña de unos siete años. La segunda estaba sentada en el inodoro y la primera parecía desesperada.

—Termina ya, Alba. Tardas mucho.

—Jopé, mamá, si es que da mucho miedo.

—Lo sé, cariño. Parece que nos mira, ¿verdad? —Soltó una risita nerviosa mientras observaba en mi dirección.

¿Se refería a mí? Junté las cejas confundido. Justo cuando vi mi reflejo en el espejo, la niña soltó una flatulencia de esas que parece que te entran en la boca y todo.

—¡Joder, niña! ¿Qué has comido? —pregunté asqueado, intentando ventilar con la mano para no tragármelo todo.

—¡Mamááááááá! —La niña casi se muere del susto.

Las dos me miraron aterradas y más pálidas que el cuerpo de plástico en el que me había aparecido. No me dio tiempo a decir ni hacer nada más antes de que salieran corriendo como alma que lleva el diablo y pegando gritos como dos locas. Humanos... Se asustan por todo.

—Bueno, Caronte. Acabo de incumplir la primera norma, pero ha sido culpa tuya —dije a la nada de aquel baño apestoso al tiempo que mi reflejo se encogía de hombros. Encima no habían tirado de la cadena... Lo hice yo para no morir asfixiado—. Así que soy un maniquí... Ya te vale, barquero de los cojones.

Ya me había dejado ver, así que no tenía sentido esconderme. Salí de allí, dejando un reguero de gritos de pánico a mi paso. Respiré aire puro y mis pulmones de plástico —sí, ya sé que un maniquí no tiene pulmones, pero el aire entraba en algún sitio, ¿no?— lo agradecieron. No solo por haberme librado del hedor, sino también por inhalar, por primera vez, oxígeno de verdad. Me gustó la sensación.

Caminé por la calle, mirando mi reflejo en los escaparates. Llamaba demasiado la atención, así que me metí en una tienda de ropa y pillé unos pantalones vaqueros, una camiseta, una gorra y unas gafas. También me puse unas deportivas muy chulas. Con ese cuerpazo —aunque fuese de plástico blanco—, no tuve problemas con las tallas.

Me lo pasé en grande. No creáis que me había olvidado del motivo de mi subida a la Tierra, pero me apetecía experimentar las cosas de las que tanto me había hablado la pelirroja. Me fastidió muchísimo darme cuenta de que no podía ingerir comida ni bebida, ya que no tenía una boca real ni un sistema digestivo; así que me conformé con pasear por la ciudad.

Recuerdo cuando descubrí el Hércules de Disney en un centro comercial. Menudas risas me eché al ver lo mucho que esos humanos habían clavado a Hades y a su hermano. Aunque de nosotros no hablaba nadie.

Los días pasaron y se me fueron acabando las fuerzas. Apenas podía caminar.

De Azshara no había ni rastro. ¿Cómo encontrar a una cazademonios en un mundo tan grande? No había pensado en eso cuando decidí cobrarme el favor de Atrax…

—No puedo más… —Tuve que sentarme en un banco a descansar.

Mis extremidades apenas me respondían y sentía más hambre que nunca en mi vida.

—¿Estás bien, colega?

Miré a mi derecha y lo vi; un indigente con pinta de borracho se estaba preocupando por un desconocido. El alma humana siempre me ha provocado mucha curiosidad.

«¡Eso es!», pensé de pronto. Los demonios, cuando subían a la Tierra, necesitaban absorber almas y poseer cuerpos para seguir viviendo. Y no me extrañaba; había muchas cosas por ver y hacer, y yo me había quedado sin tiempo. Pero con el alma de aquel vagabundo mi tiempo se alargaría...

Podría deciros que me lo pensé mucho porque me daba pena el hombre..., pero no sería verdad. Abrí la boca blanca de plástico y absorbí el alma del pobre diablo. Su piel se secó como una pasa y cayó con un golpe seco y una expresión de terror en el rostro. Seguro que Caronte me iba a echar una bronca monumental. Y Hades... No quería ni pensarlo.

En cuanto su alma entró en mí, sentí cómo la fuerza y la vitalidad volvían a inundarme. El hambre había desaparecido y me encontraba con energía para parar un camión, pero seguía siendo de plástico.

—¡Qué idiota! Podría haberlo poseído y usar su cuerpo en vez de este monigote —suspiré.

Bueno, ya había aprendido la lección. Buscaría a otro vagabundo —más que nada, para que nadie lo echase de menos y me reconociesen por la calle— y me quedaría con su cuerpo. Eso sí, uno guapo y joven.

Esa decisión fue mi perdición. No tardé mucho en encontrar uno apropiado. Podía vivir todo el tiempo que quisiese sin envejecer, absorbiendo almas. Además, al tener un cuerpo humano, disfrutaría de la vida. Comí y bebí hasta hartarme mientras recorría las ciudades en busca de Azshara.

—Dicen que va devorando almas a diestro y siniestro. No se esconde y no tiene miedo.

—¡Malditos demonios! ¿Qué aspecto tiene? Te juro que, cuando lo encuentre, deseará no haber salido del Inframundo.

La monja se encogió de hombros mientras le tendía varios viales de agua bendita.

—No se queda con un cuerpo mucho tiempo, pero mis fuentes me han dicho que tiene un tatuaje en forma de sol, con brazos, piernas y un ojo dentro. Dicen que, cuando cambia de cuerpo, el tatuaje también lo hace y que se le mueve por la piel. Se hace llamar…

—Eruxas —cortó la cazademonios con un nudo en la garganta. La espada que estaba afilando se le cayó de las manos.

—¿Estás bien, Azshara? Parece que hayas visto un fantasma.

La monja se preocupó sobremanera al presenciar la reacción de su protectora.

—Es mucho peor que un fantasma. ¿Dónde lo han visto por última vez, Leonor?

—Por Aguadulce. ¿Seguro que estás bien?

La cazademonios asintió, enfundó la espada y salió corriendo de la Catedral de Almería en busca de su furgoneta.

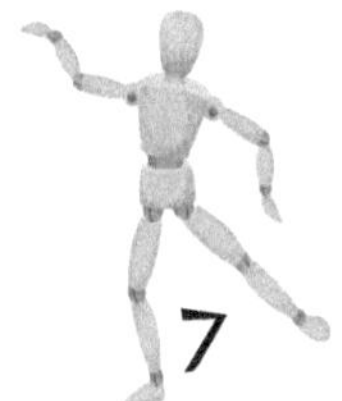

7

Llevaba incontables meses, años incluso, ensayando lo que le diría cuando la viera. Sin embargo, no salió ni una sola palabra de mí.

Estaba tan hermosa como la recordaba. No parecía haber pasado por ella ni un solo día. Y sus ojos, esos pozos profundos que me arrastraban y me insuflaban luz en mis noches sombrías, me observaban con el mismo odio de la última vez. Todas mis esperanzas se deshicieron como los helados en esa calurosa ciudad.

—¿Qué coño haces aquí, Eruxas?

Hala, ahí, al grano. Nada de «¿qué tal, Eruxas? ¿Cómo te va la vida, Eruxas?».

—Te… te estaba buscando —balbuceé.

Sus cejas se arquearon y los labios se le curvaron con asco.

—Pues te has recreado mucho mientras tanto.

—Solo quería probar todo aquello que me contabas…

—¿Usando a los humanos y devorando almas? —ironizó.

—No tenía otra forma… Yo…

—Suerte que tu tatuaje te ha delatado. De no ser por esa obscenidad que llevas en la piel, no te habría encontrado.

Me sorprendió que se acordase, eso era buena señal. Omití el hecho de que todos los velaalmas tenemos el mismo tatuaje y dije algo que sentía y llevaba mucho tiempo queriendo confesarle:

—Te echaba de menos.

Por su rostro pasó un dolor infinito que fue sustituido casi al instante por un odio más fuerte y profundo que ninguno que hubiese visto en mis milenios de velaalmas.

—¡Tú no tienes derecho a echarme de menos! —escupió al tiempo que desenfundaba su espada matademonios.

Podía oler el agua bendita desde donde estaba, y eso que nos separaban unos buenos diez metros.

—Lo siento, Azshara. Fui un cobarde —dije atropelladamente antes de que se lanzara contra mí, espada en alto.

—¿Que lo sientes? ¡Una mierda lo sientes! —gritó enfurecida mientras intentaba ensartarme sin miramientos.

Esquivé como pude las estocadas, pero el cuerpo humano que llevaba puesto estaba saturado de carbohidratos y no me respondía como me habría gustado.

—¡Por Hades, Azshara! ¡Vamos… a… hablar… las cosas! —conseguí decir entre ataque y ataque.

—¡Una mierda vamos a hablar! ¡Te vas a ir al Infierno!

Esquivé otro, pero la muy... —ya sabéis que odio las palabrotas, bastante que estaba tolerando las suyas, no era plan de regañarle mientras intentaba ensartarme— aprovechó mi giro para estamparme la suela de la bota en toda la cara.

—¡Jolines, Azshara! ¡Ayy! —me quejé antes de escupir una gran cantidad de sangre.

—¡¿No se te ocurre otra cosa que decir, demonio de pacotilla?!

Se rio de mí y me dolió. Yo ahí, como un tonto, intentando pedirle perdón; y ella no solo no dejaba de atacarme con saña, encima se burlaba de mi forma de hablar.

—¡Me estás enfadando, Azshara!

Hice un amago de esquivar su puño hacia la derecha, pero me agaché y la golpeé en el estómago.

—¡Eso es, maldito demonio! ¡Saca tu maldad para que pueda enviarte de vuelta! —rugió.

—Así que es eso, ¿no? —comprendí. Me miró sin entender a qué me refería—. Quieres que te ataque y me porte mal para no tener remordimientos cuando me mates.

Su entereza se debilitó un segundo, momento que aproveché para salir corriendo. Sí; podéis decir que soy un cobarde, y no os equivocáis. Amaba a esa cazademonios, pero amaba más mi vida. No sabía pelear como ella, que llevaba cientos de años de experiencia, y no pensaba volver al Inframundo, donde Caronte y el propio Hades me harían algo peor que ella.

—¡Cobarde! —me gritó mientras corría tras de mí.

¿Qué comía esa mujer? ¡Madre mía, qué aguante!

Callejeé como pude cuesta abajo hacia la playa, a ver si la despistaba; pero no contaba con que tuviera ayuda y me pillaron desprevenido. En una de las calles me salió al paso una furgoneta verde. Impactó contra mí tan fuerte que me lanzó contra la fachada de la casa naranja más fea que he visto en mi vida. Noté que se me habían partido huesos importantes cuando intenté levantarme y las piernas no me obedecieron. Por eso y por el terrible dolor que me atravesó la columna.

—¡Dios mío! ¿Está usted bien? —oí la voz de la propietaria de la casa; bajó las escaleras blancas de su puerta corriendo hacia mí—. ¡Antonio, corre, tráeme el móvil, que llame a la ambulancia!

—¡Hostia, la mujer del baño! —Reí—. Mira que es casualidad…

No me dio tiempo a decir nada más, la espada de Azshara atravesó mi corazón con fuerza.

Oí gritos, pero no presté atención a nada. Clavé mis ojos en los de ella y vi las lágrimas que derramaban. Por mí, por mi vida y por lo que le había hecho.

—Lo… lo siento…, Azshara. Ojalá pu-pudiera volver en el tiempo, como el… de… Terminator.

Ella no respondió; sonrió con tristeza mientras sujetaba mi mano cuando exhalé mis últimas palabras.

Y os estaréis preguntando: «¿Cómo es posible que nos estés contando esta historia si la palmaste?».

A ver, almas de cántaro, que soy un demonio. No puedo morir en un plano diferente al mío. Azshara solo mató al humano que habitaba y me devolvió al Inframundo, o eso le dejé creer.

Justo cuando el cuerpo fallece, hay un periodo muy muy corto en el que las almas que hemos devorado salen de nosotros y quedan libres. Justo en ese momento, también lo abandonamos nosotros para regresar a nuestro plano. Alba, la niña pedorra del baño, llevaba una Barbie y un Ken cuando su madre se puso a pegar gritos hecha una energúmena (de verdad, no sé de dónde saca esa mujer tanta fuerza para gritar así, me tiene los tímpanos reventados) para pedir ayuda. Así que aproveché que todos los ojos estaban puestos en el cuerpo moribundo que sujetaba mi amada cazademonios y me escabullí hasta el muñeco.

Y aquí estoy ahora, esperando a que llegue algún hombre con un cuerpo que me aguante —no voy a meterme en una tía, como comprenderéis— para poder largarme de esta casa de locos.

SARAY SANTIAGO FERNÁNDEZ nació en Barcelona en 1984. Su novela de fantasía juvenil, *La Rosa de Naran* (Ediciones Arcanas, 2016) es la primera parte de la trilogía y la segunda es La *Rosa de Naran 2. El destino de Aekya* (Ediciones Arcanas, 2018). Otra de sus novelas es *Mi Ángel Oscuro* (Ediciones Arcanas, 2017), de romántica paranormal. *Totobol. El caracol volador* (Ediciones Arcanas, 2018), es su primer cuento infantil, escrito junto a Cosmin F. Stircescu e ilustrado por Nanna Garzón. *Kitamoko. El dinosaurio que quería ser un dragón* (Ediciones Arcanas, 2020) es su segundo cuento, escrito también con Cosmin F. Stircescu e ilustrado por Lidia María Fernández Segura. *La Brújula mágica* (Ediciones Arcanas, 2019) es su última novela juvenil publicada. Ha sido ilustrada por Kharen Hardcore y es una historia de aventuras y piratas.

Su relato *La Gran Aventura* está incluido en la antología benéfica *Taller de Cuentos* de ARGAR, Asociación de padres de niños con Cáncer de Almería. También ha participado varias antologías. Sus últimos relatos publicados son *El hada de la primavera* en «Ecos de los 12 mundos», *Una aventura en el tiempo* en «Ecos de los mares infinitos» y *La marca oscura* en «Ecos del Inframundo».

Es, además, editora y fundadora de Ediciones Arcanas.

REDES SOCIALES

www.larosadenaran.blogspot.com
Facebook: Saray Santiago Fernández
Twitter: @SaraySantiagoFe
Instagram: @saraysantiagofernandez

www.ingramcontent.com/pod-product-compliance
Lightning Source LLC
La Vergne TN
LVHW091223150826
845673LV00003B/983

* 9 7 8 8 4 1 2 6 7 0 8 1 3 *